AF468027

DIEU LE VOUDRA.

DIEU LE VOUDRA!

RÉPONSE

à M. le vicomte

D'ARLINCOURT,

sur sa brochure

DIEU LE VEUT,

Par L. C. JAMET,

Les Républicains de bonne foi sont des idiots, les autres sont des intrigants.

(Paroles de NAPOLÉON à St. Hélène.)

Dans la nuit du 24 au 25 Février 1848, le gouvernement provisoire, décrétait la ruine publique.

JAMET.

PARIS,

DESLOGES, Éditeur, 39, rne Saint-André-des-Arts.

1849

DIEU LE VOUDRA.

Peuple, quand une fois on a quitté la droite ligne, il semble que tous nos efforts tendent à nous égarer davantage. Louis-Philippe, sorti du sein d'une révolution qui avait proclamé la souveraineté du peuple, reçut la couronne de ces mêmes citoyens qui se flattaient pourtant d'avoir fondé le règne des libertés publiques pour prix du sang qu'ils avaient versé.

Mais ce monarque, ébloui par les charmes du pouvoir, et sous l'influence d'une sordide avarice, pesa tout au poids de l'or, il infiltra bientôt dans toutes les classes cette soif insatiable des richesses, qui peu après engendra une corruption générale. Par suite, le commerce, dans les dédales du cynisme qui en bannissait toute franchise et toute loyauté, languit d'une manière déplorable.

Les faillites s'accumulèrent, les fabriques ralentirent leurs travaux, et toi, pauvre peuple, sans ouvrage, tu fus frappé d'une complète misère.

Les sévérités d'une police active et vigilante s'efforçaient en vain d'étouffer tes plaintes, et ton roi et ceux qui 'avaient élevé, tombés dans un profond mépris, succombèrent bientôt sous les traits d'un nouveau soulèvement général et spontané.

Après les déceptions de 1830, que demandas-tu au mois de février 1848? quand ton bras vengeur étouffa l'hydre que tu avais réchauffée dans ton sein.

Etait-ce bien la République? Oh non sans doute, car tu n'y songeais pas, mais quelques hommes énergiquement effrénés saisirent ces premiers moments de stupeur et d'effervescence pour exploiter, au profit de leur ambition, l'ivresse d'une victoire conquise contre un pouvoir avili.

Quand cesseras-tu donc, pauvre peuple, de t'abuser par de vaines chimères? Pour échapper, dis-tu, à la domination d'un maître! Mais de combien de maîtres n'as-tu pas subi les caprices depuis 1830 jusqu'à l'heure où je te parle.

Vois où cela t'a conduit.

Le pain que tu manges est plutôt trempé de tes larmes que de ta sueur, et tu le dois plus souvent à la charité qu'au travail.

Sont-ce donc là les bienfaits que devait t'apporter la République, et les promesses dont on avait bercé tes espérances? Qui sait encore quand finira pour toi cet état de misère?

La cause en est facile à dire, c'est que la confiance et le crédit ne renaîtront jamais sous un régime, où tout, chaque jour, est remis en question, et qui par conséquent n'offre aucune stabilité.

La dette publique, déjà immense, ne peut que s'accroître encore : comment combler ce déficit? jamais problème ne fut plus difficile à résoudre.

Ce n'est pas qu'il n'y ait au pouvoir quelques hommes honorables ; mais si la grande majorité des Français repousse la République, malgré leur dévoûment et leur zèle, où est donc la possibilité de sauver du naufrage un navire épuisé par tant de luttes contre les tempêtes et qui s'abîme de plus en plus sous les flots?

Les gloires de l'Empire ont jeté sur la France un éclat qui vivra toujours dans l'histoire, mais les vains trophées de nos conquêtes ont été si chèrement achetés, qu'il serait de la dernière imprudence d'en rêver le retour.

Rappelle-toi les jours de 1815, pauvre peuple, l'Etat était ruiné complétement, Napoléon venait de jeter le cri d'alarme, et la France semblait toucher à sa perte.

Eh bien ! les Bourbons ont reparu, soudain notre sombre horizon s'est éclairci.

Notre courage, ranimé par leur présence, a suffi pour effacer promptement nos désastres et guérir toutes les plaies.

Louis XVIII, sans charges nouvelles pour l'Etat, a payé dans les trois premiers mois de son retour, *sept cent cinquante millions* pour les frais de la guerre ; ce n'est pas tout encore : il est parvenu à indemniser avec un milliard les familles que la tourmente révolutionnaire de 93 avait injustement spoliées.

Tout cela s'est opéré sans secousse, au milieu de la prospérité publique toujours croissante ; et cependant l'Etat payait encore une forte liste civile : sous ces rois il y avait une cour fastueuse, une garde royale, une garde particulière qu'on appelait garde-du-corps, un luxe éblouissant qui te faisait vivre, pauvre peuple, car tu le sais, avec le luxe, l'aisance et le travail; pour toi, sans le luxe, la misère.

Avec tout cela, remarque bien que jamais sous les Bourbons le budget n'a atteint douze cent millions, tandis que depuis 1830 tu l'as vu grossir tous les jours jusqu'au chiffre de dix-huit cent millions que tu paies aujourd'hui, et malgré cette énormité, il laisse encore un déficit immense.

Sous Charles X, la France payait 900 millions d'impôts et économisait 300 mille francs par jour.

Sous la république de 1793, la France s'endettait de 2 millions par jour et finit par faire banqueroute de 24 milliards !

Sous l'empire, la France s'endettait de 500 mille francs par jour !

Sous le gouvernement issu de la révolution de 1830, la France s'endettait de 500 mille francs par jour tout en payant 1,500 millions d'impôts !

Depuis février 1848, la France s'endette de 1 million par jour tout en payant près de 2 milliards d'impôts ! (*Extrait des grandeur et gloire de la*

France et de la maison de Bourbon, in-18; prix : 25 cent.

Permets-moi donc de te rappeler les temps heureux de notre belle Restauration, compare un instant ta position actuelle avec le bonheur dont tu jouissais il y a 20 ans, et surtout traces-en le tableau fidèle à tes enfants.

Tu dois connaître ou tu as entendu parler de cette sublime brochure de l'un de nos plus grands écrivains, monsieur le vicomte d'Arlincourt, ce publiciste, qui, sous l'inspiration des plus belles pensées, a développé si dignement cette divine épigraphe : DIEU LE VEUT!

Vois comme il s'abandonne à ces idées généreuses qui appellent le retour des temps meilleurs, et dans la prévision de ses désirs, comme il trace les décrets de la Providence, en s'écriant de toute la force de son âme : DIEU LE VEUT !

Pèse bien ces mots, bon peuple, laisse reposer ta colère et tes armes, elles ne doivent servir qu'à défendre la patrie contre les ennemis de la France n'écoute plus les conseils perfides de cette poignée d'intriguants révolutionnaires qui, chaque fois qu'ils veulent se servir de toi, te bercent par de vaines promesses; reviens à de meilleurs sentiments et comprends tout ce qu'il y a de beau, de grand, de vrai, de consolant et d'énergique dans ces trois mots qui sont maintenant dans toutes les bouches : DIEU LE VEUT ! Vois comme ils se propagent avec la rapidité de l'éclair, dans cette confiance qu'ils renferment les plus belles destinées de la France, admire ce rayon céleste qui est venu frapper ce noble écrivain, et lui tracer ses décrets, et répète avec lui et avec moi : DIEU LE VEUT !

Dans ces temps heureux dont tu te souviens comme moi, la confiance alimentait toutes les sources de la fortune publique ; l'abondance circulait partout, et le peuple d'il y a 25 ans suffisait largement à son travail, aux besoins de sa vie, à ses plaisirs et à l'éducation de ses enfants ; quand il y avait des infortunes à soulager, le roi et tous les membres de sa famille s'étudiaient et luttaient sans cesse à qui répandrait le plus de bienfaits.

Jamais, sous les Bourbons, un malheureux n'a proféré une plainte sans que la réponse fût accompagnée du bienfait. *Dieu le voulait* ainsi.

Serait-ce aujourd'hui l'antique noblesse dont tu parais craindre les prérogatives, mais tu sais bien que leurs priviléges ont été effacés par l'aristocratie d'argent et la cupidité de la cour bourgeoise de 1830, dont tu as subi tant de fois la morgue et les dédains effrontés.

Crois-moi, pauvre peuple, cette noblesse de coffres-forts est à cent mille lieues de la noblesse des Bourbons; avec cette dernière tu travaillais, tu vivais, tu amassais, et tu étais heureux, tandis qu'avec l'autre tu meurs de faim! Si tu connaissais le dernier rejeton de cette grande et bonne famille, ce fils de tant de rois; si tu pouvais voir cette noble figure, dont le charme est comme une pierre d'aimant qui attire à elle tous les cœurs, et son large front, pur miroir d'une âme grande et bonne, tu serais forcé d'avouer qu'il y a, chez Henri de France, la dignité de Louis XIV, la bonté de Louis XVI, la franchise et la bravoure de Henri IV.

Pour te donner une idée des bontés et des vertus de ce noble prince que tu as proscrit si misérablement en 1830, lis les paroles sublimes que j'ai eu le bonheur d'entendre de la bouche de ce noble enfant de France, au mois de décembre 1843, lors de son voyage à Londres: il venait de répondre à un nombre considérable de Français qui y étaient allés tout exprès pour le visiter, et la main posée encore sur son cœur : « TOUT POUR LA FRANCE ET PAR LA FRANCE. »

Comment hésiter à croire, après de si nobles paroles, que la France, notre belle patrie, serait parfaitement heureuse si les glorieuses journées de février eussent rappelé dans son sein cette famille paternelle et généreuse qui déjà a fait son bonheur pendant tant de siècles ! Quel vaste champ s'ouvre à nos réflexions quand notre esprit, devant les souffrances publiques, invoque les souvenirs du passé !

Que ne puis-je infiltrer mes convictions dans toutes les âmes et les réchauffer d'un zèle ardent et sincère !

Oui, la France, en 1815, a gémi

profondément et sembla toucher à deux doigts de sa perte. Quel a été son ancre de salut? — Les Bourbons, qui en se montrant lui ont rendu son éclat et la vie.

Prions toujours Dieu de veiller sur elle, la providence est grande; prosternons-nous devant ses immuables décrets, car la France doit être ce qu'elle a toujours été, belle, florissante, noble et puissante; et disons, à l'imitation du vicomte d'Arlincourt: DIEU LE VOUDRA.

L. JAMET,

Médecin-dentiste, 29 Faubourg du Temple.

—

Voici un excellent article de nature à prouver la mauvaise foi des écrivains révolutionnaires extrait du *Réactionnaire*.

La République est mère de la féodalité :
La monarchie est mère de la liberté.

Il est temps enfin, peuple, de t'éclairer et de te donner des notions tellement justes, exactes, véritables, que tu saches à quoi t'en tenir sur la bonne foi de ces écrivains qui se disent tes amis et qui ne le sont que d'eux-mêmes, de ces écrivains qui, dans le seul intérêt de leurs passions cupides ou ambitieuses, te flattent au lieu de t'instruire, c'est-à-dire ne te donnent que des lumières fausses, trompeuses, en te montrant salut et liberté où il n'y a qu'anarchie et misère!

Ne semble-t-il pas, à les entendre, ces écrivains menteurs, que la féodalité, fantôme effrayant dont ils ne cessent de te parler, soit l'ouvrage de la monarchie? Peuple, écoute-moi, je suis du peuple aussi, je fais gloire d'en être : je suis travailleur, et travailleur qui ne travaille pas que le jour.

Je te dirai la vérité, car je t'aime : je ne reconnais à personne plus d'amour que je t'en porte... Je te dirai la vérité comme on la dit à son frère. Eh bien! la vérité la voici :

La République est mère de la féodalité.

La monarchie est mère de la liberté.

La République est mère de la féodalité ; oui, cette féodalité dont à chaque instant, peuple, on te fait peur, cette féodalité sous laquelle existaient, non pas précisément des esclaves, mais des serfs dont la condition était de cultiver une terre déterminée sans pouvoir la quitter, cette féodalité avait été enfantée par la République, et tu vas le comprendre comme moi : Qu'est-ce qu'une république? le gouvernement de tous par tous. D'après cette définition générale, tout peuple dans la barbarie est en République, car alors c'est bien le gouvernement de tous par tous, puisque chacun n'a d'autorité que celle qu'il accapare, et n'agit que selon son bon plaisir, c'est-à-dire, peuple, que c'est la république dans toute la force du terme!... Oui, mais dans une pareille république on ne peut être sûr du lendemain, ni pour sa vie, ni pour ce que l'on possède...

(Les citoyens Robespierre, Marat, Saint-Just et autres républicains plus gentils les uns que les autres, nous l'ont bien prouvé) : alors l'instinct de conservation fit que nos pères se groupèrent par bandes plus ou moins nombreuses, et naturellement ce fut dans la famille la plus brave, la plus forte, la plus estimée que l'on prit le chef de chaque bande. Le nombre des chefs ne laissa pas bientôt que d'être considérable, et ces chefs ont été fondateurs de la féodalité; la féodalité est donc bien réellement fille de la République... La généalogie est parfaitement indiquée : la féodalité a été un progrès sur la République comme la monarchie a été un progrès sur la féodalité. Effectivement, du milieu de cette féodalité, pour ta gloire et ton bonheur, peuple, s'éleva la monarchie, à qui fut léguée la grande et sublime mission de rallier à son sceptre toutes les fractions souvent ennemies qui faisaient une des plus belles parties du pays. Là commence l'œuvre de la fraternité : loin que la féodalité, obstacle à la liberté, ait été défendue, entretenue par les rois de France, depuis Hugues Capet ils ne se sont occupés que de la combattre et de la détruire, si bien que sous Louis XIV il y avait une noblesse et il n'y avait plus de féodalité.... et Louis XVIII apportant la Charte constitutionnelle à la France !.... le moyen de nier après cela que la monarchie soit mère de la liberté ; tu ne peux t'empêcher d'en convenir, peuple, exilée avec nos rois par la République, la liberté ne rentra qu'avec eux !.. la monarchie est mère de la liberté ! et maintenant, avouons-le, les chefs féodaux qui petit à petit devaient disparaître devant la civilisation, étaient composés de l'élite de la nation, puisqu'ils avaient été pris parmi les plus braves, les plus estimés. Injurier, maudire leur mémoire, dire que ces nobles étaient des brigands, c'est donc dire que le reste de la nation n'offrait que des archi-brigands ; mais il est des gens qui ne respectent rien. Ne s'en est-il pas trouvé qui tour à tour ont dit que la garde impériale, la garde royale, la garde municipale étaient de la canaille? Ils ne réfléchisssaient pas, les insensés, que ces hommes étaient l'élite des armées françaises, par conséquent l'élite du peuple, et que, si cette élite a été canaille, tout ce qui était en surplus dans l'armée, dans la nation, était archi-canaille!

Eh bien, il faut que pas un ne l'ignore en France, ce fut du sein de l'élite du peuple que sortit la royauté; ce fut la famille la plus brave parmi les braves qui monta sur le trône. Peuple, il est une voix qui te touchera, te convaincra plus que la mienne! Ecoute comment le premier génie littéraire de ce temps, comment cet homme d'Etat illustre qui vient de descendre dans la tombe, s'exprimait sur la famille des rois de France :

« Quand il n'y aurait dans la France que cette maison de France dont la majesté étonne, dit M. de Châteaubriand, encore pourrions-nous, en fait de gloire, en remontrer à toutes les nations, et porter un défi à l'histoire.

« Sujets avant d'être rois, les Bourbons moururent pour les Français avant que les Français mourussent pour eux : Pierre de Bourbon fut tué à la journée de Poitiers, Louis de Bourbon à celle d'Azincourt, François de Bourbon à celle de Sainte-Brigitte, Antoine de Bourbon au siége de Rouen. Lorsque les Bourbons, alliés à plus de huit cents familles militaires, eurent reçu tout ce qu'il y avait d'héroïque dans le sang français, la Providence fit paraître Henri IV et les Condés. »

« Les Capets régnaient lorsque tous les autres souverains de l'Europe étaient encore sujets. Les vassaux de nos rois sont devenus rois; les uns ont conquis l'Angleterre, les autres ont régné en Ecosse; ceux-ci ont chassé les Sarrasins de l'Espagne et de l'Italie, ceux-là ont formé les Etats de Portugal, de Naples et de Sicile. La Navarre et la Castille, les trônes de Léon et d'Aragon, les royaumes d'Arménie, de Constantinople et de Jérusalem, ont été occupés par des princes de sang capétien. En 1830 plus de quinze branches composant la maison de France, et cinq monarques de cette maison régnaient ensemble dans six monarchies diverses, sans compter un duc de Bretagne et un duc de Bourgogne.

« En tout, une seule famille a produit cent quatorze souverains : trente-six rois de France depuis Eudes jusqu'à Louis XVIII, vingt-deux rois de Portugal, onze rois de Naples et de Sicile, quatre rois de toutes les Espagnes et des Indes, trois rois de Hongrie, trois empereurs de Constantinople, trois rois de Navarre de la branche d'Evreux, et Antoine de la maison de Bourbon ; dix-sept ducs de Bourgogne de la première et de la seconde maison, douze ducs de Bretagne, deux ducs de Lorraine et de Bar. Il faut se représenter dans cette nation plutôt que dans cette famille de rois une foule de grands hommes, ces souverains nous ont transmis leurs noms avec des titres que la postérité a reconnus authentiques : les uns sont appelés *auguste*, *saint*, *pieux*, *grand*, *courtois*, *hardi*, *sage*, *victorieux*, *bien-aimé*; les autres *père du peuple*, *père des lettres*, etc.

Eh bien, peuple, tu as entendu? Quelle famille plus que celle des Bourbons a mérité de la France, de la patrie, de toi?... C'est peut-être celle de Ledru-Rollin, du moins dans la personne de son chef? Voyons... qu'a-t-il fait? Tu rougis.... et ne sais que dire ; alors c'est celle de Proudhon... Proudhon, l'ennemi de la propriété et de Dieu ?...

Tu fais le signe de la croix... J'entends..... c'est celle de Flocon..... de Flocon... Nom d'une pipe !... Je ne t'en demande pas davantage. Cependant, peuple,... cette famille à laquelle tu dois tant, elle est proscrite..... ce prince, dont le nom et le cœur rappellent le meilleur de nos rois, il est proscrit !.... Cette femme, fille de Louis XVI, si noble, si courageuse, si grande, si pieuse, à laquelle tant de gens avilis cherchent des défauts et ne peuvent trouver que des vertus, elle est proscrite..... Tout ce qui ferait ta gloire, ta joie, ton bonheur, est proscrit... Tu pleures,... peuple, tu lèves les yeux au ciel!... Tu es de mon avis.

La monarchie est mère de la liberté, et tu ajoutes comme moi : de la prospérité !

PARIS. — IMPRIMERIE DE A. LACOUR,
Rue St-Hyacinthe-St-Michel, 33.

www.ingramcontent.com/pod-product-compliance
Ingram Content Group UK Ltd.
Pitfield, Milton Keynes, MK11 3LW, UK
UKHW020454230726
13925UKWH00005B/1937